der   held

Aufstieg
eines
Talentlosen

Fähigkeiten hab ich eigentlich gar nicht gebraucht.

ohne   klasse

MEINE KLASSE IST "SCHWERT-KÄMPFER"!

MEINE FÄHIGKEIT IST "SCHWERT-KUNST"!

IM ALTER VON ZEHN JAHREN DURCHLAUFEN KINDER EINE SEGENS-ZEREMONIE UND BEKOMMEN VON DER GÖTTIN EINE KLASSE ZUGETEILT.

"KLASSEN"

SIE SIND EIN SEGEN DER GÖTTIN.

DANN KANN MAN DER KLASSE ENT-SPRECHENDE "FÄHIGKEITEN" ERWERBEN.

Kapitel 1

AREL, DU BIST ABER GELASSEN.

AREL, 10

WIE AUCH IMMER!

ICH AUCH NICHT.

ICH HAB LETZTE NACHT VOR LAUTER AUFREGUNG ÜBERHAUPT NICHT SCHLAFEN KÖNNEN.

WELCHE KLASSE AREL WOHL ERHALTEN WIRD?

BLUMS

SEUFZ

DAS WIRD LUSTIG!
STIMMT!
LA LA LA
WIE GEMEIN VON DIR, EINFACH OHNE DEINE GROSSE SCHWESTER LOSZUGEHEN!
ICH KANN AUCH ALLEINE MEINEN SEGEN BEKOMMEN, UND AUSSERDEM...
... WIRD'S NOCH MORGEN, WENN ICH AUF EUCH WARTE.
GRMPF
WAS SOLL ICH DENN MACHEN?
FAYNOTT IST EBEN EIN KLEINES DORF OHNE PRIESTER.
BERGE UND WÄLDER, SOWEIT DAS AUGE REICHT...
EIN PRIESTER WIRD NUR EINMAL IM JAHR HIERHER ENTSANDT.
DIE SEGENS-ZEREMONIE WIRD NUR AN DIESEM TAG ABGEHALTEN.
TAPP
ICH HAB ECHT KEINE LUST, ZU SPÄT ZU KOMMEN UND EIN GANZES JAHR WARTEN ZU MÜSSEN.
TRATSCH TRATSCH

ALLE HABEN
DIE GLEICHE
KLASSE WIE
IHRE ELTERN.

DESHALB
WIRST DU
SICHER-
LICH...

DER
NÄCHSTE.

DRÜCK

KLASSEN
HÄNGEN
NUN MAL
STARK VON
DEINER AB-
STAMMUNG
AB!

GIB DEIN
BESTES,
AREL!

ANFEUER

AH

ICH BIN
DRAN.

MURMEL...

NUN IST
ENDLICH
LEONS SOHN
AN DER
REIHE.

!

IST
DIESE
FAMILIE
NICHT...

DANN WIRD DIE GÖTTIN...

... DIR DEINE KLASSE ZEIGEN. KANNST DU SIE SEHEN?

NUN, SCHLIESSE DEINE AUGEN.

UNMÖG-LICH!

NEIN, DAS IST WAHR-HAFTIG ...

NOR-MALER-WEISE ...

KEINE REAK-TION.

!

HMM...

ICH SEHE ABER...

... GAR NICHTS.

RAUN...

SCHWUMMER

SCHWUMMER

... DANN IST "KLASSEN-LOS" SEIN...

DAS IST SCHON IN ORDNUNG, AREL.

ZIEH...

... ALS OB DIE GÖTTIN EINEN ALS BEGABUNGS-LOS FALLEN LÄSST.

GENAU!

ALSO DENK NICHT MAL DARAN, ZU STERBEN!

ES IST ALSO KEIN PROBLEM, WENN DU NICHT ARBEITEST.

KLING!

WIR WERDEN SO LANGE WIE MÖGLICH UNSERE ARBEIT AUSÜBEN.

KLING

AREL IST AUFGE-BRACHT!

!

SCHOCK

AH, DIE GETRÄNKE SIND DA.

ICH HAB WEDER VOR, MICH UMZU-BRINGEN, NOCH MEIN GANZES LEBEN ZUHAUSE ZU HOCKEN!

HAH...

WAS HAST DENN DU AM TRAININGS-PLATZ ZU SUCHEN?

DU BIST DOCH DER "KLASSEN-LOSE".

ALSO DOCH GLEICH-ALTRIGE...

HMM?

SIE SIND JUNG...

... GLEICH-ALTRIGE?

WIR SIND "SCHWERT-KÄMPFER"! SO WAS WIE TRAINING BRAUCHEN WIR NICHT.

WAS?

WIE WIR?!

ICH BIN HIER ZUM TRAINIEREN, GENAUSO WIE IHR.

"SCHWERT-KÄMPFER" ERHALTEN ALS ERSTES DIE FÄHIGKEIT "SCHWERT-KAMPF-GRUNDSTUFE".

SELBST AUF DER GRUNDSTUFE KÖNNEN SIE SICH ZIEMLICH GUT BEWEGEN.

DU DARFST GERNE ZUSCHAUEN.

WIR SIND NUR HIERHER-GEKOMMEN, UM UNSERE FÄHIGKEITEN AUSZU-PROBIEREN.

ZING...

... UND OBWOHL DER SCHADEN ABGESCHWÄCHT WIRD, SPÜRT MAN DEN SCHMERZ TROTZDEM BIS ZU EINEM GEWISSEN GRAD.

FWUSCH

WERD NICHT ÜBERMÜTIG!

AUTSCH

ALLERDINGS WIRD DER GOTTES-SCHUTZ VERBRAUCHT, WENN MAN IHN VERWENDET...

DER GOTTES-SCHUTZ IST SO ETWAS WIE EINE DURCHSICHTIGE RÜSTUNG.

... MACHT MIR DAS NICHTS AUS!

SELBST WENN MICH ETWAS TRIFFT...

ER BESCHÜTZT DEN KÖRPER UND NIMMT DEN SCHADEN STELLVERTRETEND AUF SICH.

ES TUT ABER WEH, ALSO SEI BEREIT!

NA DANN STIRBST DU WOHL NICHT, SELBST WENN ICH DICH MIT EINEM SCHLAG FERTIG MACHE.

GATSCHING

DU KLASSEN-LOSER!

RENN

DU WAGST ES, DICH ÜBER MICH LUSTIG ZU MACHEN...

HAH!

KA

ZUNG

ZISCH

UGH...

ICH HAB'S
KAPIERT,
ABER...

HEY!

MACH IHN
ENDLICH
FERTIG!

BRÜLL

ICH HAB'S
SCHON
KAPIERT!

SCHLAG

... IST STARK!
DAS WAR DER ERSTE.
DU BASTARD!
ICH MACH DICH GLEICH FERTIG!
STOLPER
SCHLAPP...
MIST!
WACKEL
ZING
HOPPLA

FUHHH...

AUTSCH...

... GANZ BESTIMMT NICHT...

DANN PASST EBEN AUF.

GENAU!

DAS IST UNGÜLTIG! UNGÜLTIG!

BLAFF!

UNS ANZU-GREIFEN, WÄHREND WIR UN-ACHTSAM WAREN!

DU FEIGLING!

SIEHT SO AUS, ALS HÄTTE ICH GEWONNEN.

HUST

HUST

NATÜR-LICH!

DANN ALSO NOCH EIN MATCH?

der held

ohne klasse

Aufstieg eines Talentlosen

der held
ohne klasse
01

Kapitel 2

... ICH VERSTEHE.

FLUFF FLUFF

HIHH

UND TROTZDEM!

ALLE DENKEN, DASS DEINE MUTTER DIE BESTE SCHWERTKÄMPFERIN IM DORF IST!

DU DENKST DOCH SICHER AUCH, DASS DEINE MUTTER DIE BESTE IM DORF IST?!

HALT DIE KLAPPE!

DU HASST MICH ALSO NUR WEGEN MEINER MUTTER.

BLAFF

DAS WERDE ICH NICHT ZULASSEN!

NGH

DAS TALENT DER ELTERN ...

... WIRD VON DEN KINDERN GEERBT.

WWHoo

ALS ANFÜHRERIN WÄRE SIE ABER NICHT GEEIGNET ...

NATÜRLICH.

MEINE MUTTER IST JA AUCH WIRKLICH DIE STÄRKSTE HIER.

ICH HAB NICHT DIE ABSICHT, ZU VERLIEREN!

ABER AUCH MIR...

...WURDE VON MEINER MUTTER DIE SCHWERTKUNST NUR SO HINEINGEPRÜGELT.

... WORTWÖRTLICH REINGEPRÜGELT WORDEN.

DIE SCHWERTKUNST IST MIR...

FLIEG

ZACK

AREL?!

WO BIST DU HIN?!

STÖHN...

MAN MUSS DAS SCHWERT DOCH NUR HERUMSCHWINGEN?

HMM...

WIE MAN DIESE TECHNIK BEHERRSCHT?

ICH SAG DOCH, SO FUNKTIONIERT DAS NICHT.

?

...ALSO ZEIG ICH'S DIR EINFACH IN DER PRAXIS.

ICH KANN'S NICHT ERKLÄREN...

HI HI

ZING

LOS!

DANN HALTE DEIN SCHWERT BEREIT!

SCHING

LÄCHEL ♥

BLINZEL

DEINE GLAMOURÖSE SCHWESTER WECKT DICH DOCH SO SÜSS AUF!

HEY! IGNORIER MICH NICHT!

UWAH!

RÜTTEL RÜTTEL

SCHNAAARCH

GUTEN MORGEN, MAMA.

ICH HAB MAMAS BLUT IN MIR! DAS IST NICHT NUR EIN TRAUM!

GÄHN

GUTEN MORGEN, AREL.

DAS ESSEN IST SCHON FERTIG.

IN EIN PAAR JAHREN KRIEG ICH DIE SICHER

DU HAST DOCH GAR KEINE KURVEN.

GLAMOURÖS? SCHWESTERCHEN, ZU LÜGEN IST NICHT GUT.

SENK   RECHT

?

ICH BIN JA SCHON WA-...

WACH AUF...

GUCK
SCHEPPER
DA SIND JA LAUTER KAPUTTE SCHWERTER.
DAS SIND DIE ÜBUNGS-SCHWERTER, DIE AREL SEIT DEM TAG ABGENUTZT HAT.
WAS?!
SO VIELE?!
ALSO HAT ER SEITDEM …
… DIE GANZE ZEIT DRAUSSEN DEN SCHWERT-KAMPF GEÜBT …
OH …
SCHEINT SO, ALS OB IHN DER KAMPF MIT EINEM GLEICH-ALTRIGEN …
… ZIEMLICH ANGE-SPORNT HAT.
ER IST ÜBER-HAUPT NICHT NIEDERGE-SCHLAGEN …
… GANZ IM GEGENTEIL, ES GEHT IHM PRÄCHTIG!
PUH
SIEHT SO AUS.

AREL KOMMT GANZ NACH SEINEM VATER.

ICH GLAUB, DAS MEINST DU ANDERS-RUM.

ER IST GENAUSO EIN MORGEN-MUFFEL WIE AREL.

ER IST NOCH IMMER IM BETT.

ÜBRIGENS, WO IST PAPA?

HI HI

HACH

TSCHING

TSCHING

HUFF

WUMM

DOPPEL-SCHLAG...

... ICH KONNTE DIESE TECHNIK NICHT ABWEHREN UND HABE VERLOREN.

SCHLAG

SCHLAG

ZWEI ANGRIFFE MIT EINEM SCHLAG...

... FAST WIE MAGIE.

ABER DAS IST EINE SCHWERT-FÄHIGKEIT.

EINE FÄHIGKEIT, MIT DER MAN IN DER ZEIT EINES SCHLAGES ZWEI MAL SCHLÄGT.

... DER DOPPELSCHLAG THEORETISCH MÖGLICH SEIN SOLLTE.

DAS BEDEUTET ALSO, DASS, WENN MAN DIE KÖRPERLICHEN VORAUSSETZUNGEN ERFÜLLT...

SCHLAG

WIR HABEN ZUM ERSTEN MAL EIN SCHWERT IN DER HAND UND NOCH NIE AUCH NUR EIN BISSCHEN GEÜBT...

... TROTZDEM KÖNNEN WIR SCHON GEGENEINANDER KÄMPFEN.

SCHEINT SO, ALS OB SCHWERT-FÄHIGKEITEN DIE KRAFT ERHÖHEN UND...

... BEWEGUNGEN VERBESSERN, SODASS SELBST SCHWIERIGE FERTIGKEITEN MÖGLICH WERDEN.

ICH HAB MICH EXTRA MEHRMALS SCHLAGEN LASSEN, UM DARAUS ZU LERNEN.

KOMM SCHON, ERINNER' DICH AN DIE BEWEGUNG DES ROTHAARIGEN.

HMM...

MEINE HANDGELENKE SOLLTE ICH NOCH MEHR...

... KANN ICH DIE TECHNIK SCHON PROBLEMLOS ANWENDEN.

BEI KLEINEN MONSTERN WIE GOBLINS ...

BALL

KEH KEH

KEH KEH

PLITSCH

ZISCH

STILLE

WILL SONST NOCH WER?

WEG- GERANNT ALSO.

SO.

DANN MACH ICH MICH GLEICH AUF DEN HEIMWEG.

STRECK

TSCHACK

DER WALD IST WIRK- LICH PRAK- TISCH.

WISCH WISCH

ER IST ZWAR GEFÄHRLICH, ABER IDEAL, UM MEINE STÄRKE AUSZUTESTEN.

?!!

RASCHEL

KECKER

KECKER

ZUCK

KECKER

OOOOHHH

DIESES GEBRÜLL...

EIN GROSSER FEIND!

KECKER
KECKER RASCHEL

UGHAAH

ICH MUSS SOFORT DIE BÜRGERWEHR INFORMIEREN ...

TAPP

WARUM IST DER AM FUSS DES BERGES...?

HAT ES EINE ATTACKE ABBEKOMMEN?

ES HAT GE- STÖHNT.

WAR DAS GERADE...

... DIE STIMME EINES KINDES?!

SCHLUCK

WENN DAS SO IST...

STATT AUSSERHALB DES WALDES UM VERSTÄRKUNG ZU RUFEN, SOLLTE ICH...

QUETSCH

ES IST ALLES IN ORDNUNG.

FLITZ

ICH BIN SCHON STARK GENUG.

EIN HOB-
GOBLIN.

WENN MAN
VON DEM EINEN
SCHLAG ABBE-
KOMMT, IST DER
GOTTESSCHUTZ
VÖLLIG WEG.

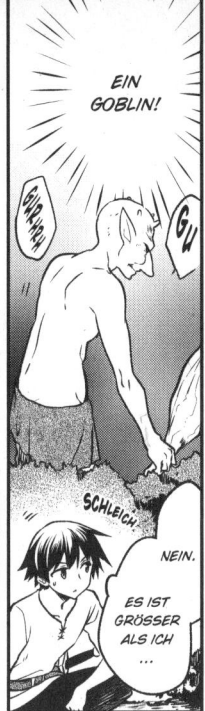

EIN
GOBLIN!

GURGHAH

GU

SCHLEICH

NEIN.

ES IST
GRÖSSER
ALS ICH
...

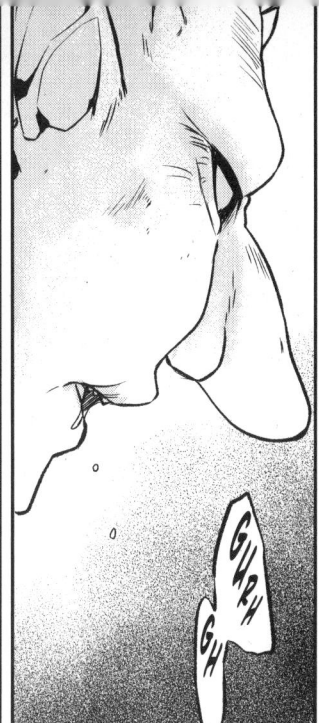

GUR
GH
GH

... OHNE
MIR ETWAS
EINZU-
BILDEN.

ICH HABE
TRAINIERT
UND TRAI-
NIERT...

ER HAT
ANSCHEI-
NEND
GENAU
WIE ICH
...

... IN
DIESEM
WALD
TRAINIERT.

UND WURDE
DABEI VON
ANGREIFERN
ÜBERRASCHT.

WARUM
TUT ER SO
WAS...

SO EINEN
MIT FORTGE-
SCHRITTENEN
FÄHIGKEITEN
ALLEIN ZU
BEKÄMPFEN,
IST DOCH VIEL
ZU SCHWER.

!

IST EINE
ÜBUNGS-
MATTE FÜR
SCHWERTER.

AN DEM
BAUM DA
HINTEN
...

... ABER AUFGRUND IHRER GRÖSSE AUCH SCHWERFÄLLIG.

SIE SIND ZIEMLICH STARK...

HOBGOBLINS.

ZING

...HAT ER NOCH NICHT BEMERKT, DASS ICH HINTER IHM STEHE.

GLÜCKLICHERWEISE...

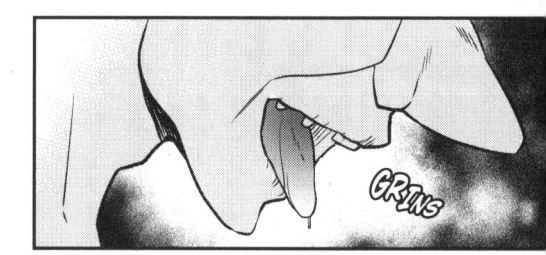

GRINS

... SCHLACHTE ICH IHN.

BEVOR ER...

... NOCH EINEN ANGRIFF AUSFÜHRT...

der held ohne klasse

Aufstieg eines Talentlosen

der held
ohne klasse
01

Kapitel 3

GUH...

ES NÜTZT NICHTS...

MEIN KÖRPER BEWEGT SICH NICHT...

HEB

ICH KANN...

... NICHT ENTKOMMEN...

SCHLITZ

FWUSCH

PLUMS

DER GOTTES-SCHUTZ IST WOHL AUF-GEBRAUCHT.

ICH MUSS IHN SCHNELL HEILEN.

LANG NICHT GESEHEN.

DU BIST...

!

UGH...

SCHWINDEL

DANN NIMM MEINS.

FLUPP

GLUCK

GLUCK

GLUCK

WAS IST MIT DEINEM HEILIGEN WASSER?

KRAM

ES IST KAPUTT GEGANGEN, ALS MICH DER GOBLIN ANGEGRIFFEN HAT.

TSCHACK

SCHREI

HEY!

WAS WAR DAS EBEN VORHIN FÜR EINE TECHNIK?!

GRABSCH

FUH...

RED KEINEN BLÖD-SINN!

ES GEHT IHM SOFORT WIEDER GUT!

EIN DOPPEL-SCHLAG.

HÄ?!

... HABE ICH GEÜBT, UM BESSER ZU WERDEN ALS NORMAL.

DES WEGEN ...

DER DOPPEL-SCHLAG IST EINE KUNST, DIE MAN NUR MIT DER FÄHIGKEIT BEHERRSCHEN KANN!

STIMMT.

NORMALER-WEISE WÄR'S WOHL UNMÖGLICH.

BRÜLL

IN ANDEREN WORTEN, ICH MUSS NICHT „DOPPELT" SCHLAGEN.

JE NACH MEINEM KÖNNEN KANN ICH DIE ANZAHL AUCH ERHÖHEN.

......

UNMÖG-LICH...

ES IST UNMÖG-LICH...

... DASS DER DOPPEL-SCHLAG EINES „SCHWERT-KÄMPFERS" VERLIEREN WÜRDE!

ABER ICH HAB ES GERADE HIN-BEKOMMEN.

DAS MEINE ICH NICHT!

SELBST WENN DU VERSUCHST, DEN DOPPEL-SCHLAG ZU VERWENDEN ...

FWUSCH

NA DANN, LASS UNS NOCH EIN-MAL...

... ENTSCHEIDEN, WER WIRKLICH DER STÄRKERE IST!

GENAU DAS HAB ICH VOR!

... IST ES IM ENDEFFEKT LEDIGLICH EINE IMITA-TION EINES „KLASSEN-LOSEN"!

ICH HAB GEWONNEN.

WENN ICH MICH RECHT ERINNERE, IST ER EIN JAHR ÄLTER ALS AREL, NICHT WAHR?

... SOLL HEUTE NACH BLESSGEAR AUFGEBROCHEN SEIN.

EVANS' KIND...

PAPA, HAST DU SCHON GEHÖRT?

SCHWENK

ICH BIN EIN „ROGUE"

EINE PRESTIGE-KLASSE.

DU KÄMPFST MIT 'NEM SCHWERT, OBWOHL DU 'NE FRAU BIST?

WICHTIG IST DIE KLASSE.

MIT DEM GESCHLECHT HAT DAS NICHTS ZU TUN.

KLAPPER KLAPPER

KLAPPER KLAPPER

DANN HABEN WIR JA BEIDE EINE PRESTIGE-KLASSE.

OH?

WARUM FRUSTRIERT DICH DAS DENN SO?

TSK!

ICH BIN EIN GLA-DIATOR.

SELBST UNTER DEN PRESTIGE-KLASSEN SIND DAS DOCH KLASSEN MIT HOHER ANGRIFFS-STÄRKE!

ACH...

SIE SIND BEIDE WUNDER-BAR!

ICH HAB KEINEN BOCK, MIT EINER FRAU GLEICH-GESTELLT ZU WERDEN!

ICH WÜRDE ES AUF JEDEN FALL WERT-SCHÄTZEN ...

SO EIN NERVIGER TYP...

UGH...

HÄ?!

DRÜCK

... BITTE RETTEN SIE UNS!

HERR SCHWERT-KÄMPFER...

FÜR SO ETWAS WERDEN VERNICHTUNGS-KOMMANDOS AUFGESTELLT!

ZUMIN-DEST DIE KINDER!

MACH KEINE WITZE!

WENN WIR HIER BLEIBEN, STERBEN WIR!

AH!

ICH BIN SCHON VOLL DAMIT BE-SCHÄFTIGT, MICH SELBER ZU BE-SCHÜTZEN!

ICH STEIGE AB.

BATSCH

AUS DEM WEG!

L'AUF

ICH HAB EBENFALLS KEINE LUST, MEIN LEBEN FÜR ANDERE AUFS SPIEL ZU SETZEN!

ES WAR EIN FEHLER, EINEN WAGEN OHNE LEIBWACHE ZU NEHMEN, NUR WEIL ER BILLIG IST.

TSK

UND ER IST AUCH ZIEMLICH STARK.

ABER DIE FÄHIGKEIT IST SCHWIERIG ANZUWENDEN, WENN MAN UMZINGELT IST.

WIE ER JETZT WOHL WEITER MACHT.

... HABE ÜBERHAUPT NICHT GESEHEN, DASS SICH DER JUNGE BEWEGT HAT.

ICH ...

»RIESEN-SCHRITT« ...

... HERVOR-RAGEND AUSGEFÜHRT.

WHOAA

UNGLAUB-
LICH!

SO VIELE
ORKS GANZ
ALLEINE?!

ER HAT
DIE ORKS
KOMPLETT
VERNICHTET!

HM...

SIE
SIND.ABER
STARK...

WELCHE
KLASSE SIND
SIE DENN?

DAS PRO-
BLEM IST
BESEITIGT.

BITTE FAHR
WEITER ZUR
NÄCHSTEN
STATION.

ICH BIN
KLASSEN-
LOS.

ÄH...

WARUM
VER-
STECKEN
SIE'S
DENN?

SIE
HAB'N DOCH
'NE MASTER-
KLASSE,
ODER?

KLAPPER
KLAPPER

ICH?

der held ohne klasse

Aufstieg eines Talentlosen

der held
ohne klasse
01

REIB
REIB

HM?

NEIN, DAS MUSS EIN TRAUM SEIN.

WIE KANN ICH NUR SO ETWAS TRÄUMEN!

SCHNIEF SCHNIEF

JA, HAB ICH.

GERADE ...

... HAT ES SO AUSGESEHEN, ALS OB DU EINEN DOPPELSCHLAG VERWENDET HÄTTEST.

... ETWA IMMER NOCH NICHT EINGESEHEN, DASS AREL „KLASSENLOS" IST?

HABE ICH TIEF IN MEINEM HERZEN...

MAMA, DAS IST KEIN TRAUM.

ICH HABE DEN DOPPELSCHLAG GELERNT.

WÄÄÄH

WAS BIN ICH DENN FÜR EINE RABEN-MUTTER!

TRAMPEL TRAMPEL

AREL IST WIRKLICH EIN GENIEEE!

DAS MÜSST IHR EUCH ANHÖREN!

ZEIG MIR LIEBER SCHWERT-TECHNIKEN...

MAMA!

-ST!

MEIN GAST!

QUIETSCH

GEGENWART

WIR SIND IN BLESSGEAR ANGEKOMMEN.

ES GIBT AUCH GANZ VIELE MIT PRESTIGE-KLASSEN.

BAMM

ALLES IST VOLLER SCHWERT-KÄMPFER.

SO WIE DU?
ICH BIN NUR 'N EINFACHER KUTSCHER.
EIN EINFACHER KUTSCHER ...
... WÜSSTE NICHT, WIE DIE GANZEN SCHWERTTECHNIKEN HEISSEN.
DU HAST DICH AUCH ÜBERHAUPT NICHT VOR DER ORK-HERDE GEFÜRCHTET.
SIE WAR DIR NUR LÄSTIG.
WENN ICH SIE NICHT BESIEGT HÄTTE, HÄTTEST DU...
UGH...
ES PASST EINFACH NICHT ZU MIR.
DIE ARBEIT AM HOF!
BRÜLL
ES IST VIEL ZU STRIKT DORT!
MENSCH
ABER ALS KUTSCHER TRIFFT MAN VIELE SPANNENDE LEUTE...
SO WIE SIE.
ICH KRIEG NIE GENUG DAVON.
ICH?
NA DANN
VIEL GLÜCK.
KLAPPER KLAPPER

... DAS BEWEIST NUR, WIE KOMPETENT ER IST.

NA JA...

HM?

MMMM

AAAAMM

AU...

DER TYP...

... IST MIR AUS-GEWICHEN, OHNE HER-ZUSEHEN.

JA, DAS HAB ICH VOR.

MACHST DU DICH JETZT AUF DIE SUCHE NACH EINER GILDE?

FREU

FREU

FREU

STRAHL

NICHT SO WICHTIG.

ÜBRI-GENS.

DU BIST NEU HIER ODER?

ZUFALL...?

ICH BIN NÄMLICH AUF DER SUCHE NACH NEUEN MITGLIEDERN FÜR MEINE GILDE.

WAS FÜR EIN ZUFALL, DASS WIR UNS HIER GETROFFEN HABEN!

Y'AY!

SIE IST DOCH ABSICHTLICH IN MICH REIN-GERANNT?

ALSO DANN

TADAAA!

DER BEITRITTSVERTRAG MEINER GILDE!

BITTE SCHÖN.

DU BIST ZU VERSESSEN DARAUF, NEUE MITGLIEDER ZU REKRUTIEREN.

WIESO LEHNST DU AB, OHNE IHN DIR ÜBERHAUPT ANZUSEHEN?!

AH!

WARTE KURZ!

NEIN, DANKE.

TAPP TAPP

DU LÄSST MIR KEINE ANDERE WAHL.

SIE SIND WOHL VERRUFEN.

NEIN, NEIN. WIR SIND EINE BEKANNTE GILDE.

BADUMM

IHR SEID EINE UNWICHTIGE, SCHWACHE GILDE, ODER?

UGH!

KLASSEN-
LOS?

GEH NACH
HAUSE!!

HAU
AB!

LASSEN
SIE MICH
WENIGSTENS
MEIN KÖNNEN
VORFÜHREN.

REISS

KNALL

WIR SIND
NICHT ZUM
SPIELEN
DA!

WERF

ICH
WEISS!

WENN
DU NACH
BLESSGEAR
GEHST...

PATSCH

WER HÄTTE
GEDACHT,
DASS SIE
MICH SOFORT
ABWEISEN,
NACHDEM SIE
MEINEN ANTRAG
SEHEN...

SEUFZ

DAS
IST EIN
PROBLEM.

ICH DACHTE, MAMA IST NUR ÜBER-FÜRSORG-LICH...

... ABER SIE HAT WOHL DAMIT GERECHNET, DASS SO WAS PASSIERT.

... SCHREIB ICH DIR EIN EMP-FEHLUNGS-SCHREIBEN FÜR MEINE ALTE GILDE.

ES WIRD DIR SICHER HELFEN.

JETZT VERSTEH ICH'S.

KRAM

GRINS

DANN WERDE ICH MAL IHRE GILDE SUCHEN GEHEN.

HIHI

SCHEINT SO, ALS OB DU NOCH IMMER KEINE GILDE GEFUNDEN HÄTTEST.

UND DU HAST NOCH IMMER NICHT AUFGEGEBEN, MICH ZU REKRUTIEREN.

UGH!

EINE EHEMALS STARKE GILDE ALSO.

ÄHM ...

DAS IST, WEIL...

SCHWITZ

SCHWITZ

WARUM HABT IHR DANN ZU WENIG LEUTE?

DRAGON FANG, DAS IST DOCH...

WO DER NAME HER KOMMT?

VON UNSEREM DAMALIGEN RUHM IST NICHTS MEHR ÜBER.

JETZT SIND WIR DIE SCHWÄCHSTE GILDE VON ALLEN!

JA, GENAU!

DIE FÄHIGKEIT SIEHT FAST SO AUS, ALS OB EIN ECHTER DRACHE ZUBEISSEN WÜRDE.

VON DER FÄHIGKEIT DES DOPPEL-KLINGEN-MEISTERS, „DRACHEN-ZAHNHIEB".

DRAGON FANG IST UNSTERB-LICH!

HM?

BALL

... ZU UNSEREN HOCHZEITEN ZURÜCK-KEHREN!

ABER WIR WER-DEN GANZ SICHER ...

BAMM

EIN NEULING?

DAS IST DIE GILDE, WO MAMA WAR!!

DAS IST DER EMPFANGS-SAAL.

... EIN DOPPEL-KLINGEN-MEISTER.

MEIN VATER...

SCHWANK

SEI STILL!

AHH

DU TRINKST SCHON WIEDER PAPA!

HÖR ENDLICH AUF MIT DIESER GILDE!

PAPA!

SEIN RECHTER ARM FEHLT.

... ABER NACHDEM ER SEINEN ARM VERLOREN HAT, IST ER SO GEWORDEN WIE JETZT.

QUIETSCH

FRÜHER WAR ER EINER DER BESTEN SCHWERTKÄMPFER DER STADT...

JA.

STRAHL

DIE ANDEREN GILDEN NEHMEN MICH SOWIESO NICHT.

WIRKLICH?!

NACHDEM DU DAS GESEHEN HAST, WILLST DU UNS SICHER NOCH WENIGER BEITRETEN.

DANN HOL ICH GLEICH DEN VERTRAG!

NEIN.

ICH TRETE EUCH BEI.

......

DU HEISST ALSO AREL.

DEINE KLASSE IST...

JA, DAS IST ER.

IST DAS ETWA DER KLASSENLOSE, VON DEM DU MIR ERZÄHLT HAST?

RAINA!

DER GEGEN DEN DU VERLOREN HAST...

ICH BIN IN DEN LETZTEN FÜNF JAHREN STÄRKER GEWORDEN.

NGH

... WIRD ES NICHT MEHR ENDEN.

ABER SO WIE BEIM LETZTEN MAL...

ICH HÄTTE NICHT GEDACHT, DASS DIE GESCHICHTE WAHR IST.

DAS IST UNDENKBAR.

DAS IST DIE PERFEKTE GELEGENHEIT.

SO!

NORMALERWEISE WÄRE ES UNMÖGLICH.

BRINGT EUCH IN STELLUNG.

LOS!

WWAPP

DIESELBE TECHNIK WIE VOR FÜNF JAHREN...?

DOPPEL-SCHLAG!

DABEI KANN ICH MICH MIT DERSELBEN TECHNIK VERTEIDIGEN.

KLING

FWUSCH

HA!

DIE PRESTIGE-
KLASSE
„HÜTER".

DIE
FÄHIGKEIT
„MONSTRÖSE
KRAFT" DES
„HÜTERS".

SIE SCHEINT
SICH WIRK-
LICH SEHR
ANGESTRENGT
ZU HABEN.

KLING

KAZING

TSCHING

ES IST GLEICH
SCHNELL WIE
EIN NORMA-
LES SCHWERT,
OBWOHL ES SO
SCHWER IST.

MIT DIESER
ÜBERWÄLTI-
GENDEN KRAFT
WERDE ICH DICH
BESIEGEN!

BZZ

SIE HAT RECHT,
WENN WIR UNS
WEITER SO EINEN
SCHLAGABTAUSCH
LIEFERN...

BZZ

... WERDE ICH
VERLIEREN.

ZASCH

ICH HAB
IHN GE-
TROFFEN!

EIN „TRUGBILD"?!

DU...

FSST

... HAST MICH AUCH UNTERSCHÄTZT.

DAS IST NICHT MÖGLICH.

SELBST UNTER DEN SCHWERTFÄHIGKEITEN IST DAS EINE DER SCHWIERIGSTEN!

?!!

ICH BIN EINFACH NUR NOCH STÄRKER GEWORDEN.

DU BIST STÄRKER GEWORDEN.

SCHNIEF

UH.

NGH

!

UGH...

AUFSTEH

DABEI HAB ICH SIE DOCH GELOBT.

ÄH...

DU HAST SIE ZUM WEINEN GEBRACHT.

ICH WEINE NICHT!

TROPF

TROPF

PTAMM

TRAMPEL

TRAMPEL

ICH...

... WEINE GANZ SICHER NICHT!!

FLITZ

ÄHEM.

RÄUSPER

SIE WEINT DOCH.

UWÄÄÄH

ICH HAB SCHON WIEDER VERLOREN! DABEI HABE ICH MICH DOCH FÜNF JAHRE LANG SO ANGESTRENGT!!

WAS FÜR EIN SINNES-WANDEL.

WAAS?!

ICH HABE VON ANFANG AN AN DICH GEGLAUBT!

GLITZER

WILLKOM-MEN BEI DRAGON FANG!

WIR HEISSEN DICH HERZ-LICH WILL-KOMMEN.

der
held
ohne
klasse
Aufstieg eines Talentlosen

WIR SIND
IMMER OFFEN
FÜR NEUE
MITGLIEDER.

der held
ohne klasse
01

Kapitel 5

GÄÄHN

GUTEN MORGEN AREL.

... HABE ICH EINE WICHTIGE MITTEILUNG.

JETZT, WO ALLE VERSAMMELT SIND...

ICH HAB ZUM ERSTEN MAL SEIT LANGEM WIEDER IN EINEM RICHTIGEN BETT GESCHLAFEN.

HAST DU GUT GESCHLAFEN?

ABER ES REICHT NICHT MEHR...

RAINER UND ICH HABEN ZU ZWEIT AUFTRÄGE ZUM MONSTER-AUSROTTEN ANGENOMMEN...

... WENN WIR AM WOCHENENDE KEIN PREISGELD BEKOMMEN...

... BEI EINZELBEWERBEN TEILGENOMMEN UND DIE GILDE IRGENDWIE ZUSAMMENGE-HALTEN.

... WERDEN WIR AUCH NICHT VERLIEREN.

JETZT, JE-WO WIR TEIL-NEHMEN ...

LILIA.

ICH GEBE UNSER ZUHAUSE NICHT AUF!

EIN RANG-SYSTEM FÜR DIE STÄRKE VON SCHWERT-KÄMPFERN.

DAS HÖR ICH ZUM ERSTEN MAL.

WAS SIND RANG A UND RANG B?

... UND ZWEI VON UNS SIND IMMER-HIN AUF RANG B!

WIR WERDEN SCHON NICHT AUF JEMANDEN MIT RANG A TREFFEN...

BEI UNS IM DORF GAB'S DAS NICHT.

HM?

... ABER NICHT NULL.

DARUM IST DIE WAHRSCHEIN-LICHKEIT, DASS WIR AUF JE-MANDEN MIT RANG A TREFFEN, GERING...

BDUMM BDUMM

....

RAINA UND ICH SIND RANG B.

A
B
C
D

ES GIBT ÜBRIGENS VIER RÄNGE.

VON CA. 500 SCHWERT-KÄMPFERN DER STADT...

... SIND UNGEFÄHR 20 AUF RANG A.

ICH GEH SCHNELL NACHSEHEN, WER UNSERE GEGNER SIND!

FLITZ

AH!

BEI DER ARENA SOLLTE LANGSAM AUS-GEHÄNGT WERDEN, WER GEGEN WEN KÄMPFT.

NA DANN ...

KLAPPER

... WERDE ICH BIS DAHIN ALLEIN TRAINIEREN.

TATATAPP

DU...

... SPINNST DOCH.

... IST ES AM SINN-VOLLSTEN, VON JEMAND STARKEM ANGEGRIFFEN ZU WERDEN.

WENN MAN DANN NOCH DIE EFFIZIENZ IN BETRACHT ZIEHT...

DU WIRST ES NICHT MAL AUFHEBEN KÖNNEN.

WAS HAST DU VOR?

SST

BORG MIR DEIN SCHWERT.

DU KANNST DIR NICHT EINFACH AUSSUCHEN, WELCHE DU HABEN WILLST!

EINE FÄHIG-KEIT IST EIN SEGEN DER GÖTTIN!

WER SAGT DAS?

FWUSCH

STOPP

... OHNE DIE FÄHIGKEIT „MONSTRÖSE KRAFT" VERWEDEN ...?

ER KANN MEIN SCHWERT...

... DASS ANSTRENGUNG KEINE CHANCE GEGEN TALENT HAT?

ICH HABE NICHT NUR „MONSTRÖSE KRAFT" SONDERN AUCH „TRUGBILD" UND „DOPPELSCHLAG"...

... EINFACH NUR DURCH TÄGLICHES TRAINING GELERNT.

DAS ...

...

DU HAST RECHT...

WILLST DU NACH ALLDEM IMMER NOCH BEHAUPTEN...

AM TAG
DES WETTKAMPFS

BLACK BLADE NATÜRLICH.

EIN KAMPF ZWISCHEN DER NEUEN UND ALTEN SPITZE...

AUF WEN WETTEST DU?

WAS HEISST DA „ZUGRUNDE GEGANGEN"?!

BERUHIG DICH.

DRAGON FANG?!

DIE HAB ICH SCHON LANG NICHT MEHR GESEHEN.

ICH DACHTE, DIE SIND SCHON LÄNGST ZUGRUNDE GEGANGEN.

DAS IST ALSO DIE ARENA.

MU HA HA HA

ÜBRIGENS...

BEI ALLEN KÄMPFEN IN DER ARENA WIRD GEWETTET.

ES GIBT WETTEN.

DAS HEISST, DASS SIE ÜBERHAUPT KEINE ERWARTUNGEN AN UNS HABEN!!

BRÜLL

WOW

DAS IST DOCH BEEINDRUCKEND.

... DERZEIT LIEGT UNSERE WETTQUOTE...

... IST DAS UNSERE CHANCE, SCHNELL AN GELD ZU KOMMEN!

ABER ANDERERSEITS...

... BEI UNGLAUBLICHEN 20.

ICH BIN GEKOMMEN, UM EUCH ANZUFEUERN.

DARUM WOLLTE ICH EUCH HELFEN...

... UND HABE DARUM GEBETEN, DASS IHR GEGEN MEINE GILDE KÄMPFEN KÖNNT.

!!

ES IST TRAURIG, WENN EIN EHE-MALIGER RIVALE ZUGRUNDE GEHT.

EIN KAMPF ZWISCHEN DER NEUEN UND ALTEN SPITZE BRINGT AUFMERK-SAMKEIT.

DAS IST DOCH DIE PERFEKTE CHANCE FÜR EUCH, AN GELD ZU KOMMEN.

WIESO STARRST DU MICH SO AN?

HM?

DU HAST ...

... ABSICHTLICH DAFÜR GE-SORGT, DASS IHR GEGEN UNS KÄMPFT?!

NEIN.

ER HAT VOR, UNSERE GILDE HEUTE ZU ZERSTÖREN.

ER SIEHT NICHT SO AUS, ALS OB ER UNS HELFEN WOLLTE.

GRUMPF

NA DANN, VIEL GLÜCK HEUTE!

der held ohne klasse

Aufstieg eines Talentlosen

der Held
ohne Klasse
01

SIE TRINKT IM TRAUM?

ICH GLAUBE, SIE TRÄUMT WAS SCHÖNES.

ICH KANN NICHT MEHR TRINKEN.

HIHI

DASS ER SO STARK IST, HAB ICH AUCH NICHT GEWUSST.

ICH WEISS NUR, WIE ER VOR FÜNF JAHREN WAR.

DU KENNST IHN DOCH VON FRÜHER?

ERZÄHL MIR DAS FRÜHER!!

WAAH

WER HÄTTE GEDACHT...

... DASS ER SO STARK IST...

NEIN.

EINE HEIRATS-URKUNDE.

EINE SIEGES-FEIER?

DU WEISST DOCH NOCH GAR NICHT, OB WIR GEWINNEN?

WENN DER WETTKAMPF VORBEI IST, MUSS ICH SIE SOFORT VORBEREITEN.

HACH

ICH LASSE IHN DEFINITIV NICHT ENTKOMMEN!

WENN WIR AREL HIER HALTEN, KANN DER GILDE NICHTS MEHR PASSIEREN.

ERBLEICH

HEHE

TAPP
JETZT, WO DU MEINEN PLAN GEHÖRT HAST…
HM…
… NÄHERST DU DICH MIR TROTZDEM FREIWILLIG?
SOLANG ICH MICH NICHT BEWEGE, GEHT'S JA NICHT WEITER.
TAPP
TAPP
AUSSERDEM MÖCHTE ICH DEINE TODES-TECHNIK SEHEN.
KICHER
DAS IST NICHT MÖGLICH.
SOBALD SICH MEINE FÄHIGKEIT AKTIVIERT…
TAPP
… LIEGST DU AM BODEN.
DAS WERDEN WIR NOCH SEHEN.
ICH GEHÖR AUCH NICHT GERADE ZU DEN LANGSAMEN.

PIERCING TEM-PEST!

FZA ZA ZA

WHARG

ZA ZA ZA Z

FLÜSTER

SCHIEDS-RICHTE-RIN... IHR URTEIL, BITTE.

LÄRM LÄRM

WAS IST PASSIERT?

ES WAR ZU SCHNELL, ICH HAB NICHTS GESEHEN!

KLONK

ZISCH

AH

UNZÄHLIGE SCHWERT-STICHE?!

WAH

DAS IST DIE TODES-TECHNIK DER SCHWERT-PRINZESSIN!

DANKE SCHÖN!!

FREU

DA WEICHT MAN NORMALERWEISE NICHT AUS!

DAS IST EIN REFLEX.

WEGEN MEINER SCHWESTER.

IIEK!

WUSCH

RÜMPS

DU KANNST GERN DEINE RÜSTUNG AUSZIEHEN, BEVOR DU MICH UMARMST.

RÄUSPER

ICH HAB MICH MITREISEN LASSEN...

HUCH

ALKOHOL NACH EINEM SIEG SCHMECKT AM BESTEN.

PAHHH

DONK

AREL!

GLUCK GLUCK

ICH HAB SAFT FÜR UNS.

ICH HÄTTE NICHT GEDACHT, DASS DU ÄLTER BIST ALS RAINA.

HEY ♡

DU MUSST DOCH NICHT SCHÜCHTERN SEIN.

BIN ICH NICHT.

DRÜCK

NEIN.

きゃろん
GLITZER

WILLST DU MICH HEIRATEN?

SPROTZ

... IST RAINA EHER MEIN TYP.

WENN ICH MICH ENT-SCHEIDEN MUSS...

WIE ER-WARTET, KEINE KURVEN

IST SCHON IN ORDNUNG.

DU KANNST DEINE LÜSTE AN MIR AUSLEBEN.

QUETSCH

WIESO SOLLTE ICH LÜGEN...

MEH

?

SELBST WENN DU ABLEHNST...

... LASS DIR EINE GLAUB-HAFTERE LÜGE EINFALLEN!

SE-

HUST

ICH BIN NICHT SO SÜSS WIE LILIA...

... UND MEINE KLEIDUNG IST AUCH LANGWEI-LIG.

ZOSCH

A...ABER ICH HAB IMMER NUR MIT MEINEM SCHWERT TRAINIERT...

... UND ALLE SAGEN ICH BIN WIE EIN MANN.

DU BIST ZU NAIV.

SEUFZ

JETZT HABEN WIR WIEDER GENUG GELD FÜR DIE GILDE.

WIE AUCH IMMER!

ZAPPEL

... WIRD SOFORT VON EINER GRÖSSEREN GILDE ABGEWORBEN.

JEMAND SO STARKES ...

DA MUSST DU DIR KEINE SORGEN MACHEN!

... KÖNNEN WIR SICHER BALD ZU ALTER GRÖBE ZURÜCKKEHREN.

SOLANG AREL DA IST...

SO WAR DAS NICHT AUSGEMACHT.

HEY!

ER WIRD MICH NÄMLICH HEIRATEN!

... ABER IMMER NOCH BESSER ALS JEMAND, DER AUFGIBT UND GAR NICHTS TUT.

LILIA IST TATSÄCHLICH NAIV...

DACHTE ICH MIR.

MEH

ICH HAB SCHLIESSLICH KEINE EINZIGE FÄHIGKEIT.

JA, DAS VERSTEH ICH NICHT.

STAPF

HUST HUST

RÄUMT ENDLICH AUF!

WUSCH

TSS

... DU HAST IHN EIN WENIG ZUM NACHDENKEN GEBRACHT.

ICH GLAUBE ...

DANKE.

ER IST AUCH OHNE FÄHIG-KEITEN GANZ SCHÖN STARK.

HUFF

EIN DUNGEON!

DAS LABYRINTH UNTER DER STADT.

EIN GEBÄUDE...

... DAS VOLLER FALLEN UND MONSTER IST.

GUTE IDEE.

AH

DUNGEON?

DAS LABYRINTH HAT DIE GÖTTIN EINFACH SO ZUM SPASS GEBAUT.

DAS LABYRINTH WAR BELIEBT, WEIL ES PERFEKT ZUM SCHWERTTRAINING IST.

UND DARUM WURDE EINE STADT DRAUF GEBAUT.

NEIN, NEIN!

DIE MÜSSEN ECHT VIEL GELD DURCH IHRE WETTEN GEMACHT HABEN.

SO ETWAS UNTER DER STADT ZU BAUEN...

... WIRD SICH IRGENDWANN IN EIN HERZKLOPFEN AUS LIEBE VERWANDELN...

DAS HERZKLOPFEN WEGEN DER DUNKELHEIT...

NEIN.

DANN ZEIG ICH DIR MORGEN ALLES.

WARST DU SCHON MAL IN EINEM DUNGEON?

GRINS

RAINA, WAS MACHST DU?
ICH KOMME NATÜRLICH MIT!
ICH WILL FÜR DIE SCHWERTGOTT-MEISTERSCHAFFT TRAINIEREN.
?
SCHWERT-GOTT?
AREL?
KENNST DU ETWA DIE SCHWERT-GOTT-MEISTERSCHAFT NICHT?
UNGLAUB-LICH.
DAS IST DIE GRÖSSTE MEISTERSCHAFT DER STADT, BEI DER DER STÄRKSTE SCHWERTKÄMPFER ENTSCHIEDEN WIRD!
DU WILLST SICHER MITMACHEN.
UNTER-SCHREIB EINFACH DIE ANMELDUNG HIER.
WAS IST LOS?
WILLST DU NICHT MITMACHEN?!
?!!
RATSCH

DU DARFST ECHT NICHT UNVORSICHTIG SEIN...

ICH DACHTE, DAS WÜRDE FUNKTIONIEREN.

MEW

DAS WAR EINE HEIRATS-URKUNDE.

... EIN KLEINER SCHERZ ♥

DAS WAR NUR...

... IN DEN DUNGEON GEHEN.

SIE WERDEN MORGEN ...

HAST DU IRGENDWAS ...

... ÜBER SIE HERAUS-GEFUNDEN?

der held ohne klasse

Aufstieg eines Talentlosen

Eine kurze RomCom
Shichio Kuzu

Es sind ein paar Tage vergangen, seit ich der Schwertkämpfer-Gilde »Dragon Fang«, der auch meine Mutter angehört hat, beigetreten bin. Mit nur drei Mitgliedern ist sie eine der schwächsten Gilden, aber da wir einst zu den stärksten Gilden der Stadt gehörten, kann sich unser Hauptquartier durchaus sehen lassen. Es gibt sogar Zimmer, in denen man übernachten kann. Ich schlafe in einem davon.

Eines Morgens ging ich auf die Gemeinschaftstoilette, um mein Geschäft zu verrichten…

»Hm?«

»Wa-?!«

Als ich die Tür der hintersten Kabine öffnete, saß dort bereits jemand. Raina. Wir kommen aus demselben Dorf und auch sie ist ein Mitglied dieser Gilde. Genau wie ich übernachtet sie hier.

Sie saß mit nackten Beinen auf der Toilette und ihre durchtrainierten Oberschenkel waren komplett unverhüllt. Zum Glück war es zwischen ihren Beinen zu dunkel, um etwas zu erkennen. Unsere Blicke trafen sich. Rainas Gesicht wurde immer röter und ihre Lippen begannen zu zittern. In diesem Moment besann ich mich meiner selbst und schloss schnell die Tür.

»Sorry, ich hab nicht mitbekommen , dass schon wer drinnen ist.«

»D…Du Perversliiiiiing!«

Eine wütende Beschimpfung ertönte aus der Kabine.

»Das war nur ein unglücklicher Unfall. Du musst mich nicht gleich wie einen Perversen behandeln.«

»Halt die Klappe! Hier ist die Damentoilette, da hast du als Mann nichts verloren!«

»Damentoilette?«

Ich wunderte mich über das mir unbekannte Wort.

»Eine Toilette ausschließlich für Frauen! Hast du das noch nie gehört?!«

Nein, hatte ich nicht. Bei mir Zuhause gab es nur eine Toilette und die verwendeten wir natürlich alle. Es war nicht ungewöhnlich, dass man die Tür öffnete, obwohl schon jemand drinnen war.

»Dann sagt mir das doch.«

»Auf der Tür ist doch ein ♀ Zeichen«

»♀ Zeichen?«

»♂ ist für Männer! ♀ steht für Frauen! Das ist doch Allgemeinwissen!«

»Das heißt das also.«

»Das ist jetzt nicht der richtige Moment, um beeindruckt zu sein!«

Darum sind also zwei Toiletten nebeneinander. Ich war mir sicher gewesen, man könne sich einfach eine aussuchen.

»Uuhg... Er hat mich gesehen... Jetzt werde ich nie heiraten können...«

Von der anderen Seite der Tür ertönte Rainas jammernde Stimme.

»Mach dir keine Sorgen. Das Wichtigste hab ich sowieso nicht gesehen.«

»Das ist nicht das Problem! ......? Warum bist du überhaupt noch da?! Hau ab!«

Hm, sie schien wirklich sehr sauer zu sein.

Als wir uns vor einigen Tagen das erste Mal seit Jahren wieder gesehen hatten, haben wir gegeneinander gekämpft. Jetzt sprach sie kaum mehr mit mir, vermutlich weil ich bei dem Kampf gewonnen habe. Dabei hatte ich mich gefreut, dass jemand aus meinem Heimatdorf in derselben Gilde ist. Eigentlich würde ich mich gerne mit ihr anfreunden.

In diesem Moment erinnerte ich mich an die Worte meiner Mutter.

»Arel, wenn du Mädchen eine Freude machen willst, musst du ihnen Komplimente machen. Merk dir das für die Zukunft.«

Komplimente also. Ich gestehe, das liegt mir nicht wirklich. Aber wenn ich mich mit Raina vertragen will, muss ich es jetzt wenigstens versuchen. Na gut…

Die Toilettenspülung war zu hören und Raina kam heraus.

»… Was machst du noch immer da?!«

»Raina.«

»W…Was…?«

Als sie mein ernstes Gesicht sah, hielt sie für einen Augenblick inne. Ich nutzte die Chance, um ihr zu sagen: »Deine Oberschenkel sind so schön, dass man sie angreifen möchte.«

»Geh sterbeeeeeeen!«

Sie war unglaublich wütend. … Wieso?

Als Lilia später davon erfuhr, bekam ich übrigens nochmal Ärger.

»Wie unfair! Warum startet ihr einfach ohne mich eine RomCom?!«

Was ist eine RomCom?

Na ja, das ist passiert, gleich nachdem ich in die Stadt der Schwerter gekommen bin. Seitdem ist einige Zeit vergangen und jetzt stecke ich erneut in der Klemme. Ich befinde mich gerade im Bad der Gilde.

Früher, in der Blütezeit der Gilde, war es fast jeden Tag mit Wasser gefüllt, aber in letzter Zeit wurden, aufgrund der Schulden, zum Sparen nur die Duschen verwendet.

Aber nachdem wir beim Gilden-Wettkampf gegen »Black Blade« gewonnen hatten, konnten all unsere Schulden zurückgezahlt werden. Außerdem hatten wir dadurch auch gleich unser Budget für die nächste Zeit gesichert. Daraufhin hatte Lilia verkündet: »Ab heute können wir das Bad verwenden! Arel, du kannst gerne als Erster reingehen.«

Sofort machte ich es mir in dem großen Becken gemütlich und genoss mein erstes Bad seit langem. Plötzlich merkte ich, dass sich jemand aus der Umkleide näherte.

»Das Bad ist wirklich eingelassen.«

Eine sichtlich berührte und splitternackte Raina betrat das Bad.

»Hey, Raina! Du kannst doch nicht einfach…«

Hinter ihr stürzte auch Lilia herein.

»Hab ich irgendwas falsch gemacht?«

»N...Nein… (Tsk. Dabei hatte ich vor, hier zufällig auf Arel zu treffen, er ist ja als erstes ins Bad gegangen! Hm? Er ist nicht da?)«

Warum sind die zwei da? Kann es sein, dass nicht nur die Toiletten getrennt sind, sondern es auch zwei Bäder gibt?

Immer noch verwirrt tauchte ich unter, um mich zu verstecken. Anscheinend hatten mich die Beiden nicht entdeckt, aber diesmal war ich wirklich in Schwierigkeiten. Bei Lilia mochte es nicht weiter schlimm sein, aber wenn Raina mich fand, hatte ich ein echtes Problem. Sie würde mindestens genauso wütend sein wie bei der Toilette, wenn nicht sogar noch schlimmer. Und das, obwohl sie in letzter Zeit angefangen hatte, sich mir ein bisschen zu öffnen. Das würde alles wieder zerstören. Ich wollte aus dem Bad flüchten, aber in diesem Raum gab es nichts, wo ich mich hätte verstecken können. Sie würden mich sofort sehen.

Ich beschloss unter Wasser zu bleiben und die Luft anzuhalten, bis die Mädchen das Bad verließen. Ich hatte ein großes Lungenvolumen. Für zehn, nein, zwanzig Minuten sollte es reichen. Zum Glück war das Becken groß genug, dass sie mich nicht finden sollten, solange ich weit genug weg war.

Nach einiger Zeit hatten sich die beiden fertig gewaschen und kamen ins Wasser.

»Ah, das Wasser ist wirklich angenehm.«

»Nicht wahr? Das ist viel entspannender, als einfach nur zu duschen. Das haben wir wohl auch Arel zu verdanken.«

»Uh…«

»Was ist los Raina? Du schaust so unglücklich.«

»Ich hab nur darüber nachgedacht, dass es in Wahrheit alles ihm zu verdanken ist und ich überhaupt nicht helfen konnte…«

»Das stimmt doch nicht. Ich hab nur solange durchgehalten, weil du auch dabei geblieben bist. Auch wenn andere sich über uns lustig gemacht haben, haben wir weiter Mitglieder rekrutiert und so ist Arel zu uns gekommen. Wir haben beide unseren Teil dazu beigetragen.«

»Du bist optimistisch wie immer.«

»Das ist schließlich meine einzige Stärke. Jetzt müssen wir nur noch dafür sorgen, dass Arel bei uns bleibt. Egal mit welchen Mitteln!»

»… Übertreib's nicht, ja?«

Die Beiden tratschten weiter. Das Meiste war nicht wiklich weiter spannend. Fünf Minuten gingen vorbei, zehn, fünfzehn…

Wie lange noch?! Jetzt, wo ich darüber nachdachte, hatten die Frauen bei mir zu Hause auch immer lang gebadet. Meine Schwester hat einmal gesagt: »Baden ist wichtig für die Schönheit!« und war manchmal sogar eine Stunde im Wasser geblieben. Leider schien es nichts geholfen zu haben.

Eine Stunde lang konnte ich die Luft natürlich nicht anhalten. Langsam wurde es hart. Schlimmer noch als der fehlende Sauerstoff war der aufkommende Schwindel. Anscheinend war ich zu lange im heißen Wasser gewesen.

Scheiße…! Mir wurde langsam schwarz vor Augen.

»Hm? Warte mal.«

In diesem Moment schien Raina etwas bemerkt zu haben und senkte die Stimme.

»Hat sich die Wasseroberfläche nicht grad komisch bewegt?«

»Findest du?«

»Es kann doch nicht sein, dass sich etwas unter Wasser versteckt?«

»D…Das kann ich mir nicht vorstellen… (Ich hab da so eine Ahnung…)«

»Hah!«

Raina schlug mit der Faust auf die Wasseroberfläche und das Wasser teilte sich in zwei.

»Du! W…Was machst du da?! Du Perversliiiiiing!«

»Ugh…«

»Glaub nicht, dass du dich da rausreden kannst! ……? Hey? Alles okay?«

»Arel? Das sieht nicht gut aus! Bringen wir ihn schnell raus!«

Danach fehlten mir die Erinnerungen. Ich musste wohl ohnmächtig geworden sein und die Beiden hatten mich rausgebracht. Als ich aufwachte, lag ich in meinem Bett und Raina saß daneben. Sie hatte sich wohl um mich gekümmert.

»Endlich wachst du auf…«

»… Du bist nicht sauer?«

»Lilia hat gestanden. Ich bin zwar nicht glücklich, aber es ändert auch nichts, wenn ich dich beschuldige.«

Anscheinend hatte sie das eingefädelt, weil sie Teil einer »RomCom« sein wollte.

Ich wusste noch immer nicht, was das war, aber das war wirklich ärgerlich.

Wie auch immer, zum Glück war Raina diesmal nicht sauer.

»Raina.«

»Was denn?«

»Dein Körper ist so schön, dass man ihn angreifen möchte.«

»Geh sterbeeeeeeen!«

Dabei dachte ich, dass es diesmal funktionieren würde… Ich bekam schon wieder unglaublich Ärger. Wieso?

Ende

der held ohne klasse

ohne klasse

Aufstieg eines Talentlosen

DAS WILL ICH AUCH WISSEN!

JA.

DIE KLASSE MEINER SCHWESTER?

DANN...

BRING MIR EINE NEUE SCHWERT-TECHNIK BEI.

MAMA.

DIE ANDEREN KANN ICH SCHON.

HAT SIE EINE ANDERE KLASSE ALS EURE ELTERN?

DIE HAB ICH VERGESSEN.

DAS IST UNGEWÖHNLICH.

BEI DER TECHNIK SIND RHYTHMUS UND DIE KONTROLLE DEINER KRAFT WICHTIG.

... BRING ICH DIR EINE MEINER LIEBLINGS-TECHNIKEN BEI!

... HAT SIE GESAGT.

ICH WERDE MICH ANSTRENGEN!

MEINE KLASSE WIRD DIR SICHER HELFEN!

BALL

WOW!

DAS KLINGT STARK!

SIE HEISST "TAUSEND HIEB".

WOFÜR HALTET IHR MICH...?

VIELLEICHT KANN SIE JEMANDEM EIN HERZ SCHENKEN?

VIELLEICHT EINE KLASSE, DURCH DIE JEMAND GEFÜHLE BEKOMMT?

AUF JEDEN FALL IST ES EINE PRESTIGE-KLASSE.

WAS IST DAS FÜR EINE KLASSE?

SCHNITT!

SCHNITT!

BIST DU SICHER, DASS DEINE KLASSE NICHT KOCH IST?

DAS GEMÜSE IST FAST SO DÜNN WIE FÄDEN.

SCHNITT!

WOW...

ICH BIN EINE HÜTERIN!

ICH TRAINIERE TÄGLICH MEINE SCHWERTTECHNIKEN.

UND DAS IST RAINA!

HEUTE STELL ICH EUCH DIE MITGLIEDER MEINER GILDE VOR.

ICH BIN AREL.

REGELBRÜCHE?

... ABER DIE VIELEN REGELBRÜCHE STÖREN MICH...

IN LETZTER ZEIT WERDE ICH OFT UM EINEN KAMPF GEBETEN ...

ICH BIN DIE SCHWERTKÄMPFERSCHÖNHEIT LILIA:

MEIN TRAUM IST ES, AREL ZU HEIRATEN ♥

GLITZER

DAS IST LILIA.

ICH GLAUB NICHT, DASS DIE GEGEN DICH KÄMPFEN WOLLEN.

DAS IST DOCH GEFÄHRLICH!

SIE WOLLEN DIE KÄMPFE IMMER IN TEUREN RESTAURANTS ODER AN SCHÖNEN ORTEN ABHALTEN.

HAH

ICH GLAUB NICHT, DASS DAS DER HINTERGRUND IST.

WAS FÜR EIN MÄDCHENHAFTER TRAUM.

WENN DU BEI KÄMPFEN DOCH AUCH NUR SO BLUTDURSTIG WÄRST...

GROLL

STOPP! ES IST FRUSTRIEREND, ZU HÖREN, WIE BELIEBT RAINA IST!

QUEEETSCH

SIE IST EINFACH NUR EINE HERZLOSE GESCHÄFTSFRAU.

ICH WERDE LEBEN WIE EIN STAR!

ICH KANN IHN GRATIS ALS WERBUNG NUTZEN.

UND DAS PREISGELD VON DEN WETTBEWERBEN JEDES WOCHENENDE...

Hallo! Ich bin Akio Nanae.
Vielen Dank, dass ihr „Der Held
ohne Klasse" unterstützt!
Ich mag alle Charaktere, aber
die, die ich schon gezeichnet
habe, als sie zehn waren und
auch fünf Jahre später, wie sie
großgeworden sind, sind mir
besonders ans Herz gewachsen.

Es macht mir besonders
Spaß dabei zuzuschauen, wie
Raina nach und nach Ihre
Zuneigung zu Arel zeigt.
Ich freue mich schon darauf,
sie auf ihrem weiteren Weg
zu begleiten.

Nanae

Nach-
wort

Fabiniku

Shin Ikezawa, Yu Tsurusaki

Die Fantasy-RomCom zwischen einem Mann und einem Ex-Mann mittleren Alters beginnt jetzt!

Story:

Hinata Tachibana, ein 32-jähriger Angestellter, wird von einer aus dem Nichts auftauchenden Göttin in ein wunderschönes, blondes Mädchen verwandelt und samt seinem besten Freund, Jinguji, in eine Fantasy-Welt geschickt. Aber dort verärgern sie die Göttin und werden von ihr mit einem Fluch bestraft, bei dem sie sich in einander verlieben. Laut der Göttin müssen sie den Dämonenkönig stürzen, um diesen Fluch aufzuheben! Können die beiden den Dämonenkönig stürzen, bevor sie sich in einander verlieben...?!

FANTASY BISHOJO JUNIKU OJISAN TO ©Cygames ©2020 Shin IKEZAWA, Yu TSURUSAKI / SHOGAKUKAN

TenPuru [eBook]
Kimitake Yoshioka

*„Akemitsu möchte ein frommes Singleleben führen –
doch was macht er dann in einem Nonnenkloster?"*

Story:
Akemitsu ist ein ernster Junge, der schwört, niemals jemanden zu brauchen –
schon gar nicht Frauen. Dies hat auch einen Grund: er möchte dem schlechten
Ruf seines Vaters, einem berüchtigten Casanova, entkommen. Eines Tages
verliebt er sich jedoch in ein Mädchen, welchem er zufällig über den Weg läuft. Um
seine Begierde zu überwinden, beschließt er, in einen Tempel einzutreten. Dort
angekommen muss er jedoch feststellen, dass es von Frauen nur so wimmelt!
Nicht nur das: unter diesen Frauen findet er auch seine „große Liebe" wieder...

Lest mal Leseproben unserer Manga: https://www.manga-jam-session.com/werke-1/

Mushoku no Eiyuu.
- Betsuni Skill nanka iranakattandaga.
Sainou Zero karano Nariagari -
© 2019 Akio Nanae © 2019 Shichio Kuzu © 2019 Yumehito Ueda
All Rights Reserved.

First published in Japan in 2019
by Earth Star Entertainment Corporation, Tokyo.
German translation rights arranged
with Earth Star Entertainment Corporation, Tokyo.

Deutsche Ausgabe / German Edition
©Manga JAM Session e.U., Wien 2023

Redaktion: Taito Yoshino
Lettering: Datagrafix Inc.
Übersetzung aus dem Japanischen: Sonja Auer
Grafikdesign: Fabian Bobich
Druck und Bindung:
GGP Media GmbH, Pößneck

Alle deutschen Rechte vorbehalten.
ISBN 978-3-903427-00-6
2. Auflage 2023